Le Géant des mers

Les mots du texte suivis du signe * sont expliqués
sur le rabat de couverture.

www.editions.flammarion.com

87, quai Panhard et Levassor – 75647 Paris Cedex 13
Dépôt légal : février 2008 - N° d'édition : L.01EJEN000183.C004 - ISBN : 978-2-0812-0908-4
Loi n°49-956 du 16 juillet 1949 sur les publications destinées à la jeunesse

Paul Thiès Louis Alloing

Le Géant des mers

Castor Poche

Chapitre 1

Plume en vacances

Les pirates parcourent les Caraïbes sur des voiliers multicolores. Mais attention : il y a des méchants pirates qui massacrent tout le monde et des gentils pirates.

Les gentils pirates cherchent des trésors, sauf le dimanche. Car le dimanche, ils mangent du requin rôti. Mais la chasse au trésor et la pêche au requin, c'est drôlement fatigant ! Alors, les gentils pirates prennent des vacances.

Plume est un très gentil pirate et il adore les vacances, ça tombe bien !

En réalité, Plume s'appelle Parfait car son papa, le fameux capitaine Fourchette, était pâtissier avant de devenir pirate. Il a baptisé son bateau le *Bon Appétit*, son perroquet Tarte aux Pommes, et il a donné des noms de gâteaux à tous ses enfants.

Il y a dans l'ordre : Madeleine, la grande sœur, qui est très courageuse et qui rêve de batailles et d'abordages. Elle s'entraîne souvent au sabre avec son ami Juanito, le mousse du *Bon Appétit*. Honoré, le grand frère, qui est assez paresseux. Il se cache pour faire la sieste dans un canon. Il n'y a que ses pieds qui dépassent. Parfait, surnommé Plume car il est plutôt maigrichon. Plume rêve de devenir le plus GRAND pirate du monde, mais il devra d'abord manger beaucoup de requin rôti ! Charlotte, sa petite sœur, n'a qu'un an de moins que lui. Enfin, les deux jumelles, Angélique et Amandine, ne sont encore que des bébés.

Plume et Charlotte sont en vacances, sans le reste de la famille. C'est dur d'être les plus petits sur un bateau, avec les corvées, les ordres des parents ou les farces de Madeleine et d'Honoré.

Alors, de temps en temps, Plume et Charlotte quittent le *Bon Appétit* sur une belle chaloupe qu'ils partagent avec… leurs amoureux. Eh oui, les petits pirates sont de grands romantiques !

Plume aime Perle, une jolie princesse cannibale (mais devenue végétarienne !), et Charlotte aime Petit-Crochet, le meilleur ami de Plume. Mais chut ! il ne faut pas en parler : l'amour, c'est sacré, mais c'est secret…

Le canot des amoureux file sur les vagues. Plume tient la barre, ses amis bronzent au soleil. Flic-Flac, le dauphin apprivoisé de Petit-Crochet, plonge gaiement dans l'écume. Tarte aux Pommes et Noix de Coco, le perroquet de Perle, taquinent les poissons volants. Bref, la vie est belle !

Mais soudain, Plume s'écrie :
– Terre ! Terre droit devant !
– Non, c'est impossible, proteste Petit-Crochet en consultant sa carte. Il n'y a pas d'île dans la région.

Pourtant, Plume est sûr de lui. Il a une très bonne vue. D'ailleurs Tarte aux Pommes et Noix de Coco crient à leur tour :
– TeRRRe ! TeRRRe !

– TeRRRe ! TeRRRe, mille tonneRRRes !
– Hum… Je me demande d'où sort cette île… murmure Perle. Mon papa dit toujours qu'il faut se méfier des îles inconnues. Elles sont remplies de moustiques, de microbes ou de méchants pirates. Et pourtant il n'a peur de rien, mon papa, puisqu'il est le roi des cannibales.

Plume et ses amis ont découvert une mystérieuse île qui ne figure pas sur la carte de Petit-Crochet.

Chapitre 2

L'île qui bougeait

Perle a raison : l'île est bizarre. Pour commencer, elle est déserte. Ça se voit tout de suite, car elle est vraiment petite : à peine deux ou trois mètres de large et moins de dix mètres de long…

Cet îlot est vraiment, vraiment désert ! Il n'y a rien dessus, ni arbre, ni feuille, ni le moindre brin d'herbe, à part un drôle de monticule*, étroit, en forme de nageoire. Bref, il s'agit d'un énorme rocher lisse et nu, d'une étrange couleur noire, perdu au milieu des flots…

Plume saute à terre, absolument ravi. Il a découvert une île inconnue ! C'est presque aussi excitant que de trouver un trésor. Il danse de joie et proclame :

– Bienvenue sur l'île aux Plumes !

– L'île aux Plumes ? répète Charlotte. Et pourquoi pas l'île Charlotte ?

– Parce que je l'ai vue le premier, cette île, répond Plume.

– Et si on l'appelait l'île du Dauphin ? suggère Petit-Crochet en caressant la tête de Flic-Flac qui nage près de la barque.
– Ou alors l'île Marmite, en l'honneur de mon papa ? ajoute Perle.

– Et puis quoi encore ? s'énerve Plume. Ce sera l'île aux Plumes, un point c'est tout ! Et puis toi, tu as déjà une île aux Perles.

– Plummme, plim plam ploummm ! chantonne Tarte aux Pommes.
– L'île MaRRRmite ! rugit Noix de Coco.
– Oh oh ! Ça va barder… rigole Petit-Crochet.

Et comment ! Les petits pirates adorent la bagarre, c'est bien connu. Les amis de Plume débarquent en criant à tue-tête. Ils se roulent par terre et chahutent de bon cœur. Ils font assez de bruit pour réveiller les spectres* du Vaisseau Fantôme !

Mais soudain, Flic-Flac pousse un curieux gémissement, et les perroquets s'envolent à tire-d'aile.

– Quelque chose leur fait peur, réalise Plume.
– Retournons vite à la barque, ajoute sa sœur.

Trop tard ! Le sol bouge, tremble, vacille. Plume, Charlotte, Perle et Petit-Crochet perdent l'équilibre et tombent par terre. L'île bouge. L'île se déplace ! L'île s'enfonce ! L'île est VIVANTE !
– Ce n'est pas une île ! hurle Charlotte. C'EST…

Une orque ! L'île est en réalité une orque géante qui faisait la sieste. Elle flottait tranquillement jusqu'à ce que les enfants la réveillent !

L'île mystérieuse n'est pas une île mais... une orque que les enfants ont réveillée.

Chapitre 3

Alerte à l'orque !

L'orque ressemble à Honoré : elle déteste qu'on la réveille pendant la sieste ! Elle nage furieusement et provoque des vagues hautes comme des montagnes.

La barque des enfants se retourne ! Les petits pirates boivent la tasse, et Plume avale un poisson volant !

Les naufragés, terrifiés, grimpent sur la quille* de leur barque et se serrent les uns contre les autres en frissonnant.

L'orque n'a pas encore vu les enfants. Elle nage en rond avec de formidables coups de queue.

– Mais qu'est-ce qu'on va bien pouvoir faire ? gémit Charlotte.

Plume ne répond pas. Il contemple l'orque avec de grands yeux. Jamais il n'a vu un animal aussi majestueux : un roi des mers, souple, rapide, luisant au soleil, pareil à un gigantesque dauphin au ventre blanc et au dos d'un noir profond. D'impressionnantes gerbes d'écume retombent en arc-en-ciel autour de lui.

– Un dauphin… un dauphin… marmonne Plume en prenant sa tête entre ses mains pour mieux réfléchir.

– Qu'est-ce que tu dis ? demande Perle.
– L'orque ! s'écrie Plume. Elle ressemble à Flic-Flac !
– Mais elle est mille fois plus grosse ! proteste Petit-Crochet.
– Plume a raison, intervient Perle. Mon papa le roi des cannibales, qui a beaucoup voyagé, m'a expliqué que les dauphins et les orques sont cousins, un peu comme les chats et les tigres. En plus, les dauphins sont les plus intelligents des animaux.
– Ça, c'est vrai ! approuve Petit-Crochet. Avec un peu de chance, on pourra l'apprivoiser.
– Apprivoiser une orque ? s'étonne Charlotte. Tu es fou !

– Nous n'avons pas le choix, réplique Plume. Regardez !

Cette fois, l'orque a remarqué les enfants ! Elle est de très mauvaise humeur ! Elle fonce droit sur eux !

L'orque, très fâchée d'avoir été réveillée, se rapproche dangereusement de la barque.

Chapitre 4

Bravo, Flic-Flac !

L'orque attaque ! Si le plan de Plume échoue, c'est la catastrophe !

– J'ai une mission TRÈS importante à te confier, explique donc Petit-Crochet à son dauphin.

Flic-Flac, dressé sur sa queue, écoute avec attention. Il entrouvre le bec, comme s'il souriait. Ensuite, le gentil dauphin file à la rencontre du géant des mers.

L'orque et le dauphin se ressemblent vraiment, avec leurs nageoires effilées, leur corps fluide et puissant. L'orque a le ventre clair et le dos sombre. Le dauphin, d'un gris lumineux, évoque une flèche d'argent. On croirait un gamin rigolard à côté d'un grand frère un peu grognon. Chez les pirates, Flic-Flac serait le moussaillon et l'orque un vieux loup de mer* !

Flic-Flac rejoint l'orque et pousse des cris aigus.

– Ils se parlent ! s'exclame Plume.
– J'espère qu'il lui explique qu'on est gentils, bredouille Charlotte.
– Et pas comestibles, précise Perle.

L'orque et le dauphin s'observent un moment. Et puis… Flic-Flac bondit par-dessus les vagues. L'orque l'imite et retombe dans l'eau avec des éclaboussures épouvantables.

Ils trouvent le jeu très amusant ! Ils sautent encore, cabriolent et plongent comme des fous. Plume sourit malgré lui ; à son avis, l'orque, si forte et si puissante, devait se sentir très seule au milieu de l'Océan. La gaieté de Flic-Flac la rend heureuse.

– Ça marche ! Ils sont copains ! crie Petit-Crochet.

– Sauvés ! s'exclame Plume, très fier de lui.

Son plan a réussi !

Finalement, l'orque n'est pas si méchante que ça. Guidé par Flic-Flac, le géant s'approche doucement de la barque. Les enfants, à califourchon sur la quille, n'en mènent pas large. L'orque les observe, comme si elle voulait les flairer.

Plume a la frousse ! Il jette un coup d'œil envieux aux deux perroquets, bien à l'abri derrière un nuage. L'orque est si grosse qu'elle pourrait avaler les enfants comme des pépins de pomme.
– Est-ce que cette bestiole aime les pirates à la croque-au-sel ? bredouille Charlotte.
– Ou les moussaillons à la marmite ? plaisante Petit-Crochet d'une voix assez tremblante.
– Chut ! Vous allez lui donner des idées, murmure Perle.

L'orque cligne des yeux ; on dirait qu'elle rigole. Elle effleure la barque renversée de son énorme nez. Flic-Flac pousse des cris encourageants.

– Il dit que tout va bien, traduit Petit-Crochet.

Flic-Flac frétille et danse gaiement sur sa queue. L'orque baisse lentement son énorme tête.

– Elle veut qu'on grimpe sur son dos, affirme Petit-Crochet.

Plume respire un bon coup, prend la main de Perle et pose le pied sur la peau rêche* de l'orque. Son cœur bat très fort, mais l'orque ne bouge pas. Plume avance encore, suivi par ses amis.

L'orque s'amuse comme une folle avec Flic-Flac. Elle propose même aux enfants une balade sur son dos.

Chapitre 5

Voyage en orque

L'orque les laisse s'installer sur son dos puis fonce droit devant elle, abandonnant la chaloupe en pleine mer. Elle fend les vagues avec une force irrésistible et entraîne les enfants.

Aucun bateau ne va aussi vite ! Les jeunes pirates n'en reviennent pas.

L'orque accélère encore ! Peut-être qu'elle rêvait de belles courses depuis longtemps. Flic-Flac l'encourage en bondissant à ses côtés !

– Vive les Fourchette, les maîtres des mers ! crient Plume et Charlotte avec enthousiasme.

– HouRRRa ! À l'aboRRRdage ! hurlent les perroquets.

Plume est fier comme un roi. Il trône sur le géant des mers, tel un capitaine sur le pont de son navire. Si seulement son père, sa mère, Honoré et Madeleine le voyaient. C'est la gloire !

Plume et Perle grimpent sur la tête de l'orque et là, ils dansent entre le ciel et les flots, les mouettes, l'azur et l'écume. Plume est le plus heureux des pirates. Il voudrait que l'orque saute plus haut, encore plus haut, par-dessus le soleil !

– Et si on gardait l'orque avec nous ? propose Petit-Crochet. Grâce à elle, on vaincrait les méchants pirates !
– Ça, c'est impossible, répond Perle. L'orque est trop forte et trop noble pour rester avec nous.

Plume sourit à son amie. Sa gentille princesse est vraiment la plus sage et la plus intelligente cannibale des Caraïbes.

Soudain, une voile apparaît à l'horizon : c'est le *Bon Appétit* ! Plume aperçoit ses parents debout sur le pont. Ils observent l'orque avec des yeux ronds ! L'orque souffle d'un air mécontent, prête à foncer sur le voilier. Elle prend le *Bon Appétit* pour une menace !

Plume et Charlotte pâlissent en pensant à leur famille. Heureusement, Flic-Flac explique la situation à sa nouvelle amie et l'orque se calme aussitôt.

– Les vacances sont finies... soupire Plume.

L'orque semble un peu triste. Elle n'a sûrement pas envie de quitter Flic-Flac, de se retrouver à nouveau seule dans l'immense Océan... Les enfants caressent une dernière fois sa peau sombre, puis ils plongent et nagent jusqu'au *Bon Appétit*.

L'orque agite alors sa large queue en geste d'adieu. Ensuite, elle bondit une toute dernière fois par-dessus les vagues et s'éloigne vers l'horizon.

– À bientôt ! À bientôt ! crient Plume et ses amis.

Plume s'adosse au grand mât, les yeux fermés. Il se sent encore étourdi par la course de l'orque... Seulement, sa famille le bombarde de questions.

– Tu vas bien ? s'inquiète sa mère.
– Cette bête aurait pu te croquer ! frissonne le capitaine Fourchette, qui est pourtant très courageux.

– Peuh… Plume et Charlotte ne risquaient rien ! Ils ont sûrement très mauvais goût, ricane Honoré qui est un peu jaloux. (Il n'a jamais voyagé en orque, lui !)

Madeleine et Juanito, le mousse du *Bon Appétit*, ne disent rien. La main dans la main, ils contemplent la trace que le bel animal a laissée derrière lui. Les yeux du mousse brillent très fort : lui aussi rêve de partir à dos d'orque avec son amie.

Les vacances sont vraiment finies… Sur le pont du *Bon Appétit,* Plume sourit rêveusement. L'orque reviendra bientôt, il en est sûr ! Et ce jour-là, le petit pirate offrira à Perle un voyage fabuleux, féerique. L'orque les mènera vers les îles, les mers, les océans du monde entier…

1 L'auteur

Paul Thiès est né en 1958 à Strasbourg, mais au lieu d'une cigogne, c'est un bel albatros aux ailes blanches qui l'a déposé dans la cour de la Maternelle. C'est que Paul Thiès est un grand voyageur, un habitué des sept mers et des cinq océans ! Il a fréquenté les galions d'Argentine, les caravelles espagnoles, les jonques du Japon, les jagandas du Venezuela et encore d'autres galions dorés au Mexique. Sans compter les bateaux-mouches sur la Seine et les chalutiers de Belle-Île-en-Mer !

Paul Thiès est donc un spécialiste des petits pirates, des vilains corsaires, des féroces boucaniers, des redoutables Frères de la Côte, bref des forbans de tous poils ! Mais c'est Plume son préféré !
Alors, bon voyage et... à l'abordage !

2 L'illustrateur

Louis Alloing

« La mer, je l'ai eue comme paysage depuis que je suis né. D'abord à Rabat, Maroc 1955, puis à Marseille. La mer Méditerranée. Une petite mer que j'imaginais parsemée de petites îles, de petites vagues, de petits pirates et qui sentait bon. Bon comme celle des Caraïbes. Comme celle de Plume et de Perle.
Maintenant à Paris, privé de la lumière du Sud, de cet horizon bleu outremer, je divague sur la feuille à dessin. Je me laisse porter par la vague qui me mène sur les traces de Plume et de ses potes, et c'est pas simple. Ils bougent tout le temps ! Une vraie galère pour les suivre, accroché à mon crayon comme Plume à son sabre. Une aventure. Et pas une petite, une énorme... avec des petits pirates. »

Table des matières

Achevé d'imprimer en août 2011,
chez Pollina (France).L58372.